大空间住宅设计

30位新锐设计师的品位精选

复式空间

木土如月 等编著

U0124986

机械工业出版社
CHINA MACHINE PRESS

《大空间住宅设计》精选了当今国内30余位新锐室内设计师的90个别墅、复式、平层空间案例。本套丛书以经典平层、复式、别墅Ⅰ、别墅Ⅱ为线索，分册展示了这些大空间的完整套房设计。精准而专业的设计解析，多元化家居风格，以及从设计师专业角度进行讲解的实用的小贴士，都可以给读者一些帮助与启发：一来可以帮助读者寻找到大空间装修的灵感，二来可以帮助读者发现自己喜欢的设计风格，三来读者可以从中领略到当今优秀室内设计师的设计风采。

图书在版编目（CIP）数据

30位新锐设计师的品位精选.复式空间/木土如月等编著. — 北京：机械工业出版社，2011.11

（大空间住宅设计）

ISBN 978-7-111-36109-1

Ⅰ．①3… Ⅱ．①木… Ⅲ．①复式住宅－室内装饰设计－中国－图集 Ⅳ．①TU241-64

中国版本图书馆CIP数据核字(2011)第207635号

机械工业出版社（北京市百万庄大街22号　邮政编码100037）
策划编辑：宋晓磊　责任编辑：宋晓磊
责任印制：杨　曦
保定市中画美凯印刷有限公司印刷
2012年1月第1版第1次印刷
210mm×285mm·5印张·100千字
标准书号：ISBN 978-7-111-36109-1
定价：29.80元

凡购本书，如有缺页、倒页、脱页，由本社发行部调换

电话服务　　　　　　　　　网络服务
社服务中心：(010)88361066　门户网：http://www.cmpbook.com
销售一部：(010)68326294
销售二部：(010)88379649　教材网：http://www.cmpedu.com
读者购书热线：(010)88379203　**封面无防伪标均为盗版**

前 言

本套丛书将为大家呈上经典平层、复式、别墅等大空间的设计案例。豪宅我们有了，接下来就是考虑如何将其有品位地装修的时候了。

如果你现在正准备装修，而脑子里又没有太多灵感，那么，书中的案例就是为你准备的——这里汇集了多达90个经典平层、复式、别墅的优秀案例，精准而专业的设计解析，可以帮助你寻找到装修的灵感；不同的装修风格，可以让你从中发现自己喜欢的设计风格，告别装修带来的烦恼与困惑。

当然，如果你是初次接触经典平层、复式、别墅空间设计的室内设计师，那么，书中的案例也可以给你一些帮助——这里集结了30位精英室内设计师的代表作，对于初次学大空间装修的你来说是一次学习的机会。此外，对于要进行改造的你也有很好的启发。

我们相信，任何懂得欣赏、热衷于发现美的人，都能从中收获自己需要的东西，都可以创造出自己的家居风格。

最后，感谢参与本套丛书编写的陈凌燕、郑艳萍、林芳、孙真、谢志飞、曾剑、江海金、练苏平、胡晓威、张芸、余海圳、叶涛涛、王磊、冯国强、张磊、金俊生、唐晔、李小琴、郑军、岳经综、周炉森等，正是由于他们的帮助与支持，本套丛书才得以顺利出版，在此表示衷心的感谢。

contents
目 录

前言
自然情调与现代设计

复古风潮与中式空间

异域混搭与欧美风

自然情调与现代设计

Natural Emotional Appeal and Modern Design

刘耀成

中国注册室内设计师、IRIDA国际注册高级室内设计师

2008年，组建湖南省喜来登装饰公司刘耀成TOP设计师会所

评选为2008年中国室内设计30人

2007—2008年度中国20强新锐设计师

设计专长

家居空间、时尚餐厅、剧场设计及房地产的会所、售楼处、样板房等的装饰设计

260m²繁花似锦镜面墙 ≫ 设计：刘耀成

设计元素：式样多变的磨花银镜、淡雅的空间色调、开放的空间格局

主要材料：水曲柳修色、防腐木、磨花银镜、大理石、壁纸、地砖、复合木地板、轻钢龙骨、石膏板等

客厅沙发背景墙

客厅全景

玄关

餐厅

小贴士

设计师谈水曲柳家具的日常保养注意事项

　　首先要保持室内通风干燥的环境，这样既可使室内的潮湿空气与室外交换，又可使木制家具中的化学物质尽量挥发排向室外，最常用的做法是打开窗户或房门使空气对流，或采用空气调节系统及换气系统；其次要将家具放置平稳，以保证家具的使用功能，并防止家具结构的损坏；最后要注意定期清洁与保养，在日常使用过程中，应经常用不易脱毛的软棉布擦拭灰尘污渍，保持家具干净，并定期打蜡。

书房

主卧室床头墙

书房花园（一）

书房花园（二）

设计解析 »

　　本案例屋主人是一对80后年轻的夫妇，他们崇尚自然、对生活充满热情，因此设计师在设计时将此案定格为自然、温馨的风格，通过天然材质的大量运用及内外开放的格局来表达屋主人回归自然、崇尚自然、亲近自然的心理。

　　客厅选用了大面积的原色作为空间主色调，清浅的色调让人备感温馨。镜面材质的墙面有放大空间的视觉效果，在光线的照射下更显开阔通透。细节处的雕花设计又为整体增添了几分梦幻的甜美气息。书房的设计极为巧妙，用一整面的玻璃来代替实体墙，将窗外庭院的美景尽收眼底，几乎让人感觉不到室内外空间的隔阂，也让书房摆脱了沉闷、古板的传统印象。浅绿色水曲柳铺就的庭院古朴、清新，在绿叶

红花的掩映下，让人仿佛置身于大自然的怀抱。卧室的整体装修清新中带点小浪漫，紫罗兰色软装床头墙搭配淡粉色手绘花卉图案，让人一见倾心。

主卧室床尾墙

吴静波

七号仓室内设计工作室创始人

2008年创办七号仓室内设计工作室
2011年在火星时代第二届LOFO设计比赛中担任评委
出版图书《2010时代印象——全套家装表现技法》

设计专长

家装、KTV、酒店设计等

380m²在阳光下领略夏日风情 　 >> 　 设计：吴静波

客厅

客厅电视背景墙

二层会客厅

设计元素：挑高空间、亮色点缀、清新原木、石膏造型墙
主要材料：浅色饰面板、壁纸、磨花镜面、浅色抛光砖、大理石、轻钢龙骨、环保乳胶漆调色等

三层花园

设计解析 »

这个案例的设计以清新的木色为主打,在装修材质上也大量选用天然木质,营造出浓浓的自然气息。挑高的复式空间让整体看起来更加大气,也让各种天然材质有了更多的发挥空间。

大厅独享上、下两层空间,挑高的垂直格局彰显强大气场。石膏造型与格纹装饰组合而成的沙发背景墙大气简约,搭配巨幅装饰画突出层次和变化。电视上方的突出立体装饰以四两拨千斤的手法轻松化解墙面的单调。明亮的金色和浪漫的紫色平添几分灵动和跳跃。吧台位于大厅与餐厅之间,过渡巧妙。餐厅里也设有电视,让人在吃饭的同时不用担心错过精彩的电视节目。工作室的设计沿袭了居室的整体风格,清新简约,黑白装饰画很有艺术气息。卧室的格纹软包背景墙采用日式风格设计,清静、雅致;木纹图案的地砖独具匠心,与空间整体的自然气息完美呼应。衣帽间单独设计,空间虽然阔绰,但陈设和用色都很简单,充满自然、温馨的味道。偌大的露台将居室空间由室内延伸到了室外,随意地搭上一顶遮阳伞,放上几把座椅便可以尽情享受到度假般的夏日风情。

吧台及餐厅

小贴士

设计师谈景观露台的设计要点

因为景观露台通常都是露天的,因此在设施材质方面最好选用防腐木,整体设计上也要注意便于日常的清洁保养;另外,如果自己动手布置景观园艺的话,应尽量选择盆栽植物,这样不但易于养护,同时也可以避免植物根系对房屋结构造成破坏。

350m²一室多能的乐活新体验 >>> 设计：吴静波

设计元素：多功能的房间设计、 隔而不断的空间格局、主次分明的色彩搭配、手绘墙面、主题油画

主要材料：浅色饰面板、壁纸、大理石、磨砂玻璃、浅色抛光砖、复合木地板、轻钢龙骨、石膏板、环保乳胶漆调色等

客厅

书房兼品茶区

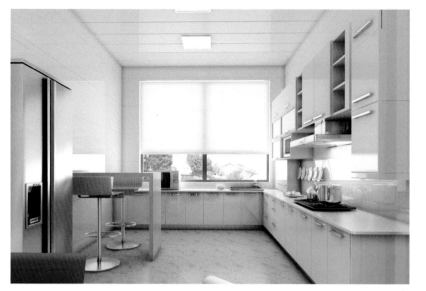

厨房

设计解析 »

　　干净的白色和木色为整个居室奠定了清新自然的基调，而同一色系的深浅搭配又在简单中多了几分变化。半通透的隔断设计弱化了空间与空间的隔阂，避免封闭格局带来的沉闷感。

　　餐厅与厨房采用开放式设计，圆形的餐桌椅布局拉近了彼此的距离，营造更融洽的用餐氛围。边上的简易吧台同时也是隔断，一物多用，巧妙利用了空间。厨房里也设有简易餐桌椅，不用出厨房就可以在这里享受美味早餐。客厅与书

房同样也是开放式设计，学习、工作累了，一转身就可以休息，无需再费周折。条纹墙面与多彩油画的组合灵动跳跃，为书房带来更多生机和活力。卫浴间采用干湿分离的设计，既节约空间，也便于日常清洁。卧室的设计风格较为多样，其中，客卧简约温馨、儿童房轻松活泼，主卧室的设计则偏干大气稳重，不仅空间极为宽敞，床尾的白色屏风后面还隐藏着一个相对独立的更衣室，凸显尊贵感和品位追求。

餐厅

儿童房（一）

儿童房（二）

大空间住宅设计 **12** 自然情调与现代设计

主卧室

次卫

主卫

老人房

王五平

深圳优秀室内设计师、深圳室内设计师协会(SZAID)理事

从事室内设计10年，现任深圳王五平设计机构设计总监

曾获荣誉
中国建筑装饰协会授予"新锐设计师"称号
作品多次刊登于《TOP装潢世界》《上海家居》《装家》《时尚家居》《设计之都》等杂志，多次整版刊登于《南方都市报》家居版
2010年应邀前往意大利设计考察交流
现应邀长期担任深圳电台《创意家居》栏目客座设计嘉宾

600m²复式空间复制几何体神话 >> 设计：王五平

客厅

客厅沙发背景墙

设计元素：清爽用色、异形多变的天花板形态、开放式设计

主要材料：灰镜、红橡木、壁纸、抛光砖、灰木纹大理石、马赛克、轻钢龙骨、石膏板等

小贴士

设计师谈如何处理复式空间里的异形顶面形态

　　我们居住的平层房屋其顶面一般呈正方形或长方形，而复式、别墅的户型常常会有不规则的异形。异形空间可利用立体吊顶的四周框线，结合空间不规则的特点，以几何造型来映衬，将墙面造型与顶面设计统一起来，成为顶面的延续。同时，还可以利用原有建筑凹进凸出等不规则墙体，量身定做收纳柜，以掩饰和美化其不规则造型，让异形顶面也能充满灵动趣味，大放光彩。

餐厅

设计解析 》》

　　这个居室风格整洁大气，带有梦幻般的清朗。由于这是一个顶层大复式，天花板形态异形多变，但设计师没有做全颠覆的刻意处理，因为这极有可能破坏空间的秩序感，而是依形就势，在保持部分几何天花板形态的同时，在立面形体上采用一些建筑结构语言的设计手法，与之呼应，这样一来，与空间本身的大格局相得益彰。在装饰效果上，则力求一种刚柔并济的感觉，营造一个气宇不凡的空间。

　　在高阔的客厅里，垂落的球状水晶吊灯将错落有致的天花板点缀得更具高雅气质。电视背景墙用咖啡色壁纸做铺设，令整个浅色空间具有厚重感。沙发一侧的水族箱渗出一

抹清新蓝，活化角落空间。穿过玻璃推拉门，是一个大大的观景阳台，木质弧形屋檐的设计，竟有几分古老庭院的质朴气息，远远眺望，大有"风景这边独好"的心理优越感。

　　引用几根白色柱子作为客厅与餐厅之间的半开放隔断，与玄关处灰镜墙上镶饰的装饰木条相映成趣，令空间的过渡也更自然。二层是一个大开间，楼梯空间需要重新定位，设计师在设计时坚持采光与功能至上的原则，通过合理的空间设计分配，避免了暗房和低点功能空间现象的发生，赋予屋主一个功能与风格并存的家。

二层起居室

从玄关看餐厅、客厅

从客厅看餐厅、玄关

餐厅局部

700m²旋转的儒雅时光 >> 设计：王五平

设计元素：实用的空间功能设计、休闲感的咖啡主色

主要材料：镜面磨花、樱桃木、壁纸、仿大理石砖、灰木纹大理石、马赛克、环保乳胶漆调色、轻钢龙骨、石膏板、铁艺、水晶灯等

客厅沙发背景墙

客厅电视背景墙

楼梯

小贴士

设计师谈顶层复式露天花园的设计

在顶层复式设计一处露天花园是时下流行的做法，让花园里的花草树木像制氧机和净化器一样，能不断通过光合作用制造新鲜的氧气，有保健的功效。此外，顶层的绿化景观也是建筑物最好的隔热层，还保护了建筑物板面，减少热胀冷缩对屋面板的破坏，改善顶层住房周围和屋面的小气候。在繁杂的工作之余，这一片绿意盎然的小天地给人以身心的放松与愉悦。

设计解析 》》

设计师赋予这个居室大气、休闲、低调奢华的设计主题。在色彩上，选择沉稳、亲切的咖啡色搭配浅色系，使整体感觉极其悠远。在造型上，以干脆简练的线条勾勒空间开阔的气势。同时，还采用线形感光源的设计来强化视觉效果，塑造空间立体感。

空间功能设计是这个居室最大的亮点。进门玄关左边的小储物间，设计成了一个进出很方便的鞋帽间，一改进门脱鞋在地的凌乱，美观又实用。房子本身既高又大，而原结构的楼梯口空间却不够大，显得楼梯小而陡，那么扩大楼梯口空间是提高空间使用率的必然之举，于是就有了我们眼前所见到的铁艺栏杆旋转楼梯。同时，设计师又顺势在楼梯旁边设计了一组木栅栏与酒柜结合的组合式柜体，作为玄关、餐厅与楼梯之间的隔断，一来避免开门即见楼梯的直接感，二来将餐厅酒柜结合隔断设计的手法，再一次体现了设计师将实用主义与艺术美感完美结合的理念，非常绝妙。

此外，居室里运动休闲区域的设计也是可圈可点的。设计师将一楼的大弧形阳台改造成了一个健身房，小方格造型天花板和小圆球吊灯，与地下放置的运动器械一起营造活力空间。二楼的大弧形阳台，拥有无敌景观，所以设计师做了一番颇有生活情趣的设计，如：规划了喝茶区、台球区和水景区。顶层视界无遮挡，可以俯瞰城市，可以远眺滨海的风景，端坐此间，相信，你除了卸下一身的疲惫，享受一份难得的悠闲心情外，感受更多的会是生活的满足与美好。

健身房

二层观景阳台（一）

二层观景阳台（二）

主卧室

二层起居室

自然情调与现代设计 **21** 大空间住宅设计

次卧室（一）

次卧室（二）

主卫

刘红君

大庆市德高装饰工程有限公司首席设计师

2006年从事家（工）装室内设计。以丰富的实践工作经验和本着应有的责任感，力求给每位客户一个温馨、舒适的家

设计心语

以自然、环保、个性化为设计宗旨，擅长空间规划和色彩调配

220m²中性色调让居室魅力升级 >>> 设计：刘红君

设计元素：直线设计、中性色调、木质家具

主要材料：壁纸、饰面板、浅色抛光砖地板、实木地板、轻钢龙骨、石膏板、环保乳胶漆调色等

客厅电视背景墙

客厅沙发区

玄关走道

小贴士

设计师谈如何在复式空间里运用中性色调

中性色调适合运用在偏大一点的空间里。在中性色主导下的空间里，有界的概念，环境成为背景，家具、软装饰成为内容。如果墙面、地面色调都比较中性，家具色调上就可以大胆一些，用色彩比较厚重的家具配上一些高光度的金属装饰品，空间即显主次分明、张弛有度。

设计解析 »

这个居室以含灰度较高的中间色为主色调，搭配白色、银灰色等明亮的色彩，营造出一种自然随意的居室风格。

客厅里，深色家具承载空间重量，成为视觉焦点。米白色的电视背景墙和窗帘从中协调深色的沉重，制造清爽视觉空间。沙发后面用一个木质全开放式搁架，作为与楼梯的完美隔断，兼具装饰与实用功能。

用餐区将墙面与天花板统一设计，纯色的石膏造型让空间线条更为流畅。乳白色的布艺椅子、垂感良好的杏色窗帘，还有下悬的箱式灯具，简洁干练中透出家的温馨。精

致的木门框包边轻松划定餐厨空间，开敞的设计拉近彼此距离。

主卧室素洁明亮。满墙及顶的衣柜，因为深色镜面柜门的设计而成为卧室中最吸引人的部分。柜门上妖娆的花朵，为卧室平添几分妩媚。

餐厅

主卧室（一）

餐厅局部

厨房

主卧室（二）

卢林

国家高级注册设计师

2011年任广东星艺装饰重庆分公司经理
2007年任广东星艺装饰重庆分公司设计总监

230m²理性空间凝练成熟 >>> 设计：卢林

设计元素：横平竖直的空间、 暗色的低矮家具

主要材料：银镜、灰玻、壁纸、饰面板、大理石、浅色抛光砖、实木地板、轻钢龙骨、石膏板、环保乳胶漆调色等

客厅电视背景墙

客厅沙发区

餐厅一角

设计解析 ≫

　　本案例选择以白色为底，搭配深色家具、饰品来展现大气、凝练的成熟感。虽然是复式楼，但屋子的层高并不挑高，所以，这里的家具都选择了低矮样式，以留出更多的上升空间，给人开阔的空间印象；并且大量运用简约、干练的直线线条，让空间看上去整洁、流畅。

　　深色的转角布艺沙发敦敦实实地置于客厅的窗边以及楼梯附近，如此一来，窗景、楼梯自然融入了沙发背景中，共同构筑了一面内容丰富的沙发主题墙，设计十分讨巧。而多扇的窗户让客厅也有着良好的采光，驱散深色带来的沉闷感。电视背景墙采用灰玻结合浅色大理石以块面造型，白色曲线点缀于灰玻上，带来活跃的气氛。

　　半开放的餐厅里，暗红色的酒柜是视觉焦点。放射状的线形灯饰则是惊喜的点缀。协调的搭配让人觉得在这样的餐厅里用餐是一种享受。

　　主卧室素净恬淡，紫色的床头软包墙无疑是空间中的主角，搭配上现代感的卧具、灯饰、椅子，时尚至酷。儿童房温馨明媚，床头背景一派春暖花开、蝴蝶翩翩起舞的热闹场景，充满童趣。

餐厅

走道

主卧室（一）

主卧室（二）

儿童房

袁野

十堰市高雅装饰有限公司 高级设计师

美术设计专业毕业，作品多次在国内装潢杂志、书籍发表。曾在湖北十堰卧虎藏龙艺术设计工作室（或智上设计事务所）任室内设计部经理，在广东万诚装饰、天大装饰、美庭品味装饰担任主笔设计师，也是天大装饰创始人之一

设计专长

别墅、复式公寓、样板间、写字楼、酒店、会所等各类家装及公共空间设计

代表作品

十堰市各大楼盘复式公寓、阁楼设计，东莞明和大厦港企办公室、河源别墅、华乐中英文幼儿园、东莞樟木头港资公司办公室、华南索尼总公司10期工程、德资绑泽电子厂房设计与室内改造、长安莲花山莲花禅寺、长安凯华宾馆、后街广场中式混搭、大理山万科简欧、南城上东国际样板房设计等

250m²阳光灿烂的自然居室 》》 设计：袁野

客厅电视背景墙

设计元素：木质装饰、白色调、深浅不一的材质组合铺贴

主要材料：木饰面板、壁纸、实木地板、印花玻璃、马赛克、轻钢龙骨、石膏板、环保乳胶漆调色等

客厅、餐厅（一）

客厅沙发区

客厅、餐厅（二）

会客厅

老人房

健身房

主卧室（一）

设计解析 »

　　这个居室自然光线充溢，设计特色是在不同的空间选择了明度和纯度不同的木质装饰。同时，选择吸光少的白色调来营造自然光线传递出的洁净感。

　　客厅电视背景墙选用组合铺贴的装饰手法，以一种细密横纹的自然色木质面板打底，中间部分镶嵌明镜并在镜子表面饰以白色铁艺拼花作为点睛，而左边则运用深浅木色间隔变化的饰面板以中等大小的方块铺贴作为旁衬来搭配，斜向不一的纹路使客厅的布置更加富于变化。电视机下方，直线形的台阶式置物台取代实体电视柜，令丰满的背景墙面看起来有主有次、层次分明。

　　客厅、餐厅共处一个空间，整体配色很显温暖、惬意。沙发后的木质靠柜简单区划两处空间，合理的高度设计令彼此视线无阻碍。卧室的设计简洁，色调同样清淡，重在营造安静舒适的睡眠空间。

　　会客厅用色明快，淡淡的木纹墙面与浅色地面，冷静中包含温暖。高阔的屋顶，加上天窗的设计和本身巨大的观景窗，可以将更多的自然光线吸纳进来，让人在此间谈话、品茗都觉得恬淡而美好。

小贴士

设计师谈木制家具日常如何养护

　　首先要注意表面维护。定时用纯棉干软布擦去家具表面的浮尘，隔一段时间，再用潮湿的软布将实木家具上的积尘擦净，尽量顺着木材的纹理来擦拭。其次要避免暴晒，实木家具最好不要摆放在阳光直射的地方，如无法避开阳光直射，则可以用透明的薄纱窗帘将其隔开。最后要注意定期打蜡。每隔一段时间最好为家具上一次蜡。

主卧室（二）

沙建磊

三石空间设计事务所 设计总监

2010年搜狐焦点设计师大赛十大优秀设计师之一
2009年荣获"全国最具影响力年轻设计师"称号
2008年评选为中国新锐设计师

设计心语
依靠风格诠释完美的形态，演绎室内空间的灵动之美

180m²要稳重，也要时尚 》 设计：沙建磊

客厅

设计元素：深色家具结合淡黄色花纹壁纸、时尚感的软装
主要材料：加厚水曲柳、灰镜、壁纸、大理石、抛光砖、水晶灯、环保乳胶漆等

客厅电视背景墙

设计解析 ≫

　　时尚雅致且稳重大方是这套居室的一大特点。围绕这一格调，设计师以深色家具结合淡黄色的花纹壁纸来营造整个空间的内在特质。间或点缀一点金色和红色，显得成熟大气。软装方面的合理搭配，让这个居室立刻充满温馨的现代简约气息。

　　房子是一个小跃层的复式结构。客厅、卧室分布于楼上，餐厨空间位于底层。整体深色调的家具使客厅显得简洁、干练，棕色的布艺沙发、黑白条纹的靠包、窗边金色与红色组合的躺椅、墙上带支脚的层板书架，还有同样黑白色调的电视墙设计，这些恰到好处的搭配让客厅在看去协调的同时又有一种色彩的律动感。主卧室与客厅采用同样的格调，家具的简洁造型以及空间的线条设计扩展了视觉效果，同时塑造了立体感。餐厨空间的白墙搭配上黑色的桌椅，经典的搭配不禁让人怦然心动。反光的大理石桌面让整个空间在简约中透着精美质感，使人觉得在这样的餐厅里用餐是一种享受。

客厅沙发背景墙

餐厅

客厅走道

厨房、餐厅

主卧室

杨旭

WILLIS/威利斯设计创意中心首席设计、中国建筑装饰协会会员、国家注册室内建筑师、国家注册高级住宅室内设计师、中国建筑装饰协会官方网站推荐会员

曾获荣誉

2008年作品入选中国最具价值商业设计50强；2009年获搜狐焦点全国10大公益设计师称号；2010年获搜狐焦点优秀公益设计师称号；2010年获紫荆奇思妙想奖；2010年获金堂奖优秀作品

作品曾在《家装》《装潢设计》《上海搜房周刊》《瑞丽家居》《设计家》等杂志刊登。2009年世茂公寓房"暗月流香"作品入登《新锐》书籍；世茂公寓房"暗香"作品在《上海室内X档案》发表

330m²有序改造，唤醒空间沉寂角落 》》 设计：杨旭

客厅沙发背景墙及吊顶

设计元素：清新质朴的材料、有序地空间规划、情趣装饰

主要材料：饰面板、灰镜、壁纸、仿古地砖、实木地板、印花玻璃、马赛克、环保乳胶漆等

客厅

楼梯

二层楼梯走道

餐厅（一）

小贴士

设计师谈如何挑选饰面板

饰面板因为具有各种木材的自然纹理和色泽，被广泛应用于家庭空间的面层装饰。但饰面板种类多样，该怎样来挑选呢？这里告诉大家一个总的原则：好的饰面板具有清爽华丽的美感，色泽均匀清晰，材质细致，纹路美观，能够感受到其良好的装饰性。反之，如有污点、毛刺、沟痕、刨刀痕或局部发黄、发黑、很明显就属于劣质或已被污染的板材了。

设计解析 》》

本案例为典型的复式住宅，但平面空间并不宽大。所以，如何营造出大宅的空间感，如何充分利用空间是设计师首先要考虑的问题。在空间规划上，设计师将底层设置为餐厅、厨房，入门玄关区域也分布在此；顶层为主人私密空间；客厅像是一个夹层，位于上、下楼层之间。这样的规划使整体显得井井有条、个性十足。

为了进一步增强视觉效果，在空间设计上，设计师也是匠心独具。入门玄关处，一边安置了鞋柜，一边则采用雕花和饰面板装饰，一下子勾勒出整体居室的清新简约风格。

餐厅的设计颇有特色，不仅满足就餐的基本需要，同时靠窗的一侧抬高，做了个小小的休闲区，在顶部装饰以简单的吊柜，使之形成一个隔而不断的独立空间。与厨房之间则以玻璃推拉门形成互动，彼此借景借光，让所有空间的视野都可以充分放大。

楼梯切割出来的空间如何有效利用往往是装修的难题。在这里，设计师化腐朽为神奇，设置了一个小小的吧台，再沿墙壁根据楼梯的走势设计了装饰酒柜，地面抬高处理，隔出几个简单的小空间，内铺石子和设置地灯，充满了情趣。

客厅中，墙、顶一体的造型无疑是最大看点。饰面板加印花玻璃等现代材质的拼贴更增添时尚气息。顶层的设计则较为简约，包含了休闲区、书房和主卧室，满足主人休憩娱乐的需要。

餐厅（二）

吧台　　　　　　　　　　餐厅榻榻米　　　　　　　　　玄关

二层主卧室

厨房　　　　　　　　　　二层书房　　　　　　　　　二层主工

复古风潮与中式空间

Retro Wave and Chinese Space

卢林

国家高级注册设计师

2011年任广东星艺装饰重庆分公司经理
2007年任广东星艺装饰重庆分公司设计总监

370m²用多色配饰描绘简约中式家 »» 设计：卢林

客厅电视墙

设计元素：留白空间、多色软装搭配
主要材料：壁纸、镜面、抛光砖、实木地板、石膏板、环保乳胶漆调色等

小贴士

设计师谈大户型可用色彩整合空间

　　有时候，大户型住房往往让人感到迷茫，更容易造成空间的凌乱。这时，不妨考虑利用色彩来整合空间。在保持统一的基调下，用不同的色彩作为空间划分与点缀，可以制造出更丰富的空间层次。例如，本案例客厅中银色的背景墙让人有种惊艳的感觉，在白色主基调的包容下没有了夸张与张扬，其他色调的配饰又让室内增添了一份温暖的视觉效果。卧室和书房中，红木色的融入则让房间多了一份自然气息。

客厅沙发背景墙

设计解析 >>

　　四白落地的墙面，干净得一尘不染。蓝色、金色、银色、红木色，空间里不同色调的家具、配饰和谐统一，传递出似古还今的空间情感：既有现代的清新，又不乏古典的雅意。

　　具有中式古典风格的木支架布艺沙发安置于客厅里，上面或金或红的刺绣抱枕，使空间拥有一种别样的怀旧之情。蓝色窗帘上的白色描花给人清雅的感觉。挑高到顶的整面的银色沙发背景墙让这些愉悦精神的装饰成为家中最经典的点

睛之物，起到一个很好的背景衬托作用；而墙面上错落有致地镶嵌细条镜片，突显现代艺术美感。

　　这里，设计师巧妙地将楼梯布置为电视背景，中间以一席透明帘幔象征性地加以遮挡，显得气质非凡。楼梯本身的造型也已成为空间美丽的装饰。主卧室和书房均选择红木色，营造素雅、沉静的视觉空间，有利于享受健康的睡眠和学习环境。

主卧室（一）

主卧室（二）

书房

周琳

专业室内设计师

毕业于四川建筑学院建筑装饰专业。有10年室内设计经验，设计以现代风格见长，敢于突破、创新，尝试新手法，设计手法大气、简练，同时注重细节的精致，对空间有很强的把握能力。作品遍及北京、湖北、广西、成都、南京、溧阳、扬州等各个城市。除了家装，还涉及办公室、酒楼、书店、餐厅等公共空间的室内设计

设计心语

室内设计实际是一种表里不一的工作。外表的装饰固然要求美观、引人入胜，但内里的工序，如空间策划、用料、结构、细节等基本技术因素对设计效果的最终体现影响更大。因此，必须把外表艺术性与内里的技术性合二为一，直至达到美观和实用共存

220m²简约空间里延续古典情趣 >>> 设计：周琳

客厅

设计元素：古今混搭、黑白对比色、红色和金色点缀

主要材料：文化石、镜面、壁纸、抛光砖、实木地板、环保乳胶漆调色等

小贴士

设计师谈巧用亮色软装饰营造清爽中式风

　　传统的中式家具以木料、藤、麻等较粗糙的材料为主，颜色也较深。若将中式家具全盘用于现代居室中，会显得过于沉重。因此，可以有选择地使用一些软装饰，如淡色的抱枕、桌巾或窗帘，便能让空间展现宁静、清爽的氛围。

玄关

设计解析 》》

　　此案例以白色作为整体空间的基本色调，再运用黑色来营造视觉对比，简约中带有古朴的元素，营造出一丝丝复古感。现代简约与复古单品的完美结合，刚柔相济，在平衡家居格调的同时，也为家带来新鲜感。

　　入门玄关处，一面黑色的木雕花屏风与白色悬空鞋柜，既从色调上形成对比，又从造型上形成一古一今的反差，这样的极致组合并不突兀，反而相映成趣，让这个家张扬着亲切、灵动的气息。客厅与餐厅分布于玄关的两侧，天花板上一正一圆的设计，清楚地划分了区域，地上没有实物的阻碍，令整个空间显得非常开阔。其中适量暖色系如红色、金色的点缀，令空间看起来更加丰润饱满，富有情调。

　　主卧室的设计较为现代。设计师将靠窗一侧的地面抬高，设计成小型书房，满足临时所需。床头和床尾的墙面以简洁利落的线条设计，为整个空间注入现代艺术气息。父母房摆设较为简单，在色彩上也以深浅咖啡色搭配，营造宁静氛围适合老人居住。客房亦走沉稳路线，同时配有简单的阅读写字区，突显实用功能。女儿房的格调有很大不同，粉嫩的色彩，柔和的灯光，为孩子营造出积极向上、活力四射的成长空间。书房的设计浓缩了中式风格之精髓，"X"架木质书桌、方形宫灯、龙图腾、几案，道出了一份悠远的历史韵味。

客厅、餐厅

餐厅

走道

书房

主卧室

女儿房

棋牌室

父母房

客房

廖志强

之境室内设计事务所合伙人、主创设计

获奖荣誉

2005年 通过湖北省建设厅"施工员"及"预算员"考核

2006-2007年"东鹏杯"室内设计大奖赛全国优秀设计师

2008年荣获"威能杯"中国室内设计明星博客大赛成都赛区（专业组）总冠军

2008年荣获"威能杯"中国室内设计明星博客大赛全国总决赛（专业组）银奖

2009年被评为"全国优秀新锐设计师"

2008-2009参编由中国人民大学出版社及北京科海电子出版社共同出版的《家装新时代》系列丛书

张静

之境室内设计事务所合伙人、创意总监

获奖荣誉

2008年3月成为《家饰》推荐的十大优秀女设计师之一

2008年11月荣获2008搜狐第五届"威能杯"中国室内设计明星博客大赛成都赛区十大明星设计师荣誉称号

2009年作品《恋上你的颜色》获得2009搜狐第六届"奥特朗杯"中国室内设计明星博客大赛成都赛区银奖（该作品已收入天津大学出版社2009年12月出版的《家居装饰完全手册》）

182m²红与白打造新中国风家居 >> 设计：廖志强 张静

客厅

设计元素：红与白亮丽衔接、经典中式配饰、不加分隔的空间设计
主要材料：壁纸、仿古墙砖、马赛克、镜面、中式改良家具、实木地板、石膏板、环保乳胶漆等

设计解析 »

　　这是一套小型的复式结构房，采用了新式设计手法来体现唯美、浪漫的中式情怀。整个房间的惊艳、妩媚是从浓烈的红色开始。张扬、妖冶的家具、配饰、墙柱，甚至于楼梯的台阶侧面都是红色的，令整个空间充满了鲜活、美艳的气息，让人如痴如醉。

　　与红色相衔接的是白色天花板、墙面，给人适度的安静感。绿底白花的壁纸、水墨画极富清新气息；而白色的中式沙发、桌椅家具以及门扇，继续增强空间里的清爽感。再有木色的地面，让这个热闹的空间略显平静，呈现出一个时尚鲜亮的中式风格。

　　或许色彩的出位上演，会让你忽略空间设计上的出彩。由于这个房子的面积并不十分大，所以，实际上空间的有效利用才是首先要考虑的。例如，设计师将楼梯边的墙柱利用起来，顺势做成了橱柜，这样一来，原本突兀的墙柱演变成了实用的支柱，并且成为楼梯与开放式厨房之间的隔断，反而制造了亮点。此外，楼梯底层的踏板在这里也被充分利用

起来，成了一个个储物柜，绝不浪费一丝空间。能够让风格与功能并存，这才是最完美的家。

小贴士

设计师谈新中式风格家居的搭配

　　营造新式中国风，一些经典的中国元素当然不能少。例如，古色古香的瓷器、传统的花鸟图案或山水图案的挂画、床品和帘幔等，这些配饰只要运用得当，就能为人们带来完全不同的新中式气息。传统中式风格的家具，很容易给人带来沉重的感觉。但是，如果选择经过改良的中式家具配上一些跳跃、灵动的现代感色彩，就会令居室气氛轻松很多。例如，本案例中以中式的床榻为灵感设计的沙发，选择白色漆面，加之中国红的绣花坐垫，简单的红与白，成就的是全新的中式风韵。

主卧室（二）

楼梯间

主卫

庄焕阳

中国建筑学会室内设计分会会员、IAI亚太建筑师与室内设计师联盟专业会员、国家注册室内建筑师、网易家居频道特约设计师

曾于北京建峰建设集团股份有限公司任职设计师，现为连天红（福建）家具有限公司室内设计师

荣获三项国家"外观设计"专利（家具设计）
2011年泉州人民广播电台《住在泉州》节目设计师嘉宾
2010年荣获第七届中国室内设计明星大赛创意组银奖
2009年荣获全国第二届"百慧杯"家具设计大赛优秀奖
2010年荣获"品源杯"首届全国灯具设计大赛优秀奖

185m² 品味中式静雅 》》 设计：庄焕阳

客厅

设计元素：对称手法、典型的中式配饰、现代线条
主要材料：壁纸、实木线条、大理石、镜面、复合木地板、石膏板、环保乳胶漆调色等

餐厅

小贴士

设计师谈中式书房里木质书桌的挑选与保养

书桌是经常使用的家具，在选购时需特别注意接榫状况是否牢固，如果使用的不是镶嵌大理石面的桌子，而是一般的木书桌，平常就要注意不要直接在桌上放热茶，以免桌面留下烫痕；也不要直接在书桌上裁割纸张，以免划破桌面。为了更好地保护桌面，可考虑在桌面上铺一块玻璃，让使用更方便。

设计解析 ≫

这套居室里大量运用深木色、暗红色、金色，隐含的是中式静雅的古典气息。一切布置亦遵循传统的对称与周正手法，加深了整体的复古感；而家具以及空间设计上突显的强烈的线条感，勾勒的却是现代简约风格，让人感觉亲切，又不失传统的典雅。

反复出现的木质边框，以及方方正正的造型，突显客厅沉稳的布局。红色正方形宫灯打亮淡金色的座椅，与同样红色的靠垫、方巾一起制造亮点；而其层次感的设计和水晶吊坠的材料运用，为居室融入了跳跃、灵动的视觉效果。沙发背景墙采用壁画进行整体装饰，老夫子端坐林间的画面，生动、自然。

餐厅天花板上的圆形设计与仿古地砖上的圆形拼图相呼应。偌大的配套的实木圆桌、红色椅垫也积极融入这种和谐氛围中，营造了其乐融融的家庭生活场景。墙面上的传统书画与整个空间的格调和谐一致。

主卧室的面积很大，精细雕琢的床具搭配高档面料的床品，传递出高贵气质。色彩华丽的地毯，与床饰品、金色墙面相映成趣。古色古香的次卧室中，紫色的床帘和帘幔为空间注入一份神秘感。书房与大厅保持同一格调，充满中国风情的挂画很是抢眼。现代感十足的浴室中，中国经典元素木花格的窗景、水墨画的窗帘和木质收纳柜正在告诉人们，现代风格的浴室同样可以很中式。

主卧室

次卧室

书房

娱乐健身室

主卫

次卫

巫小伟

国家高级住宅室内设计师、国家注册建筑师及中国建筑装饰协会会员

2008年在苏州创立了WILLIS设计机构，专注于各类高端客户提供专业的设计服务
2010年在无锡、宜兴成立分公司
曾多次应邀参加中央电视台CCTV2《交换空间》栏目的拍摄
大量作品曾在香港日翰、北京《TOP装潢世界》、《上海搜房周刊》等媒体上选登

设计专长
酒店、高档会所、餐饮娱乐空间及别墅设计

代表作品
上海建德南郊别墅、镇江市香格里别墅、常熟市湖畔现代城售楼处、江苏宜兴市汍悦宾馆、常熟市爱菲拉酒庄、苏州市波波熊办公大楼、常熟市虞景山庄、常熟国美山庄别墅、北京华侨城别墅等

280m²黑白灰演绎摩登与复古风潮 >>> 设计：巫小伟

客厅

设计元素：黑白灰调、现代感空间、中式符号点睛
主要材料：饰面板、壁纸、马赛克、有机玻璃、镜面、抛光砖、实木地板、石膏板、环保乳胶漆等

餐厅、客厅

小贴士

设计师谈墙壁带来的装饰效果

在布置墙壁之前，应该想好希望墙壁本身起到什么作用，如给人宽敞的空间感，或者狭窄一点，这对决定选择中间色、单纯的颜色还是有条纹的墙色很有帮助，对选择相应的材料也有一定的帮助。如果有放置图画、装饰品或家具等想法，选油漆或壁纸时，就要选择看起来舒服一点的颜色。

餐厅

设计解析 »

　　黑、白、灰可以很时尚，也可以很古典。透过这套居室，将能感受到。本案例设计师试图在现代与古典之间寻找一个优雅的平衡点，黑、白、灰赋予这份力量，让这个家同时拥有摩登与经典的魅力。

　　空间中是几乎清一色的黑色家具，灰色背景、白色天花板显然起到衬托的作用。客厅中，中国特色的圈椅与现代皮革沙发互相融合，配以白色的抱枕，打破了黑色的隆重。沙发背景墙和电视背景墙上使用或直或曲的现代线条，在视觉上产生强烈的对比，活跃了气氛。

　　餐厅位于楼梯侧边，与厨房开放设计。这里，选用了风格简约的现代家具，并且将中式家具传统的木材替换为充满现代感的金属材料，营造出既具中国气息又不失时代精神的时髦中国风。厨房靠过道一侧以透明有机玻璃代替实墙，为空间带来清爽视觉。沿玻璃墙而设的白色吧台，给这个古韵空间增添了更多的现代感。书房沿袭整体格调，合理的黑白配比营造规整的感觉，使人能静下心来品味知识的韵味。主卧室在色彩上融入了更多的暖色，柔和的感觉十分适合入眠。以白色为主的主卫，干净、整洁，咖啡色马赛克的铺贴注入了时尚气息。

书房

卫浴间

卧室

异域混搭与欧美风

Exotic Mix and European and American Style

刘建修

浙江高迪装饰设计工程有限公司 设计总监、执行董事

环境艺术系室内设计专业毕业，从事室内设计10年

曾获荣誉
荣获第二届全国"经典家居设计大赛"别墅类钻石奖
荣获第三届全国"经典家居设计大赛"别墅类钻石奖
荣获第三届全国"经典家居设计大赛"别墅类最佳卫浴奖
2008年荣获中国"时尚家居"十大明星设计师称号
2008年荣获全国住宅装饰装修行业优秀设计师称号
2007年成为中国室内装饰协会中级设计师

290m²大气折梯，奢享复式生活 》》 设计：刘建修

设计元素：彩色墙漆、夹层空间、超大楼梯、凹凸感造型墙
主要材料：壁纸、饰面板、水晶灯、浅色抛光砖、复合木地板、轻钢龙骨、石膏板、环保乳胶漆调色等

客厅（一）

客厅（二）

客厅（三）

小贴士

设计师谈复式楼梯常见的造型设计

在复式住宅的装修设计中，楼梯主要有直梯、弧梯、折梯和旋梯。其中直梯占用空间太多，因此不常用；弧梯比较适合大型的复式房；折梯适合多数复式房，较普遍；旋梯是折梯的变种，比折梯更显豪华。除了样式之外，坡度也是一个要考虑的问题。这个要根据实际来计算。舒适的楼梯，台阶高度以15cm为宜，若超过18cm，登楼梯时就会感觉累了；而台阶宽度一般以27～30cm为宜。

设计解析 》

整套居室的房型比较方正，客厅边沿墙而设的楼梯将三层空间巧妙串联。楼梯扶手特意设计成曲折状，动感、富于变化。虽然空间足够充裕，但设计师还是很会"省"的，将中间的错层空间开辟出来，做成一个紧凑的餐厅；靠客厅的楼梯墙体则内嵌鱼缸，从而实现物尽其用。

为了保持空间的整体一致性，楼梯的主体部分从色调到材质都与大空间的地面与墙面保持了高度的统一。在整体浅色的大背景下，棕红色的实木家具显得格外稳重和有分量感。卧室的主墙面选用浪漫的淡粉色，搭配浅黄色窗帘和彩色条纹床品，备感温馨。

餐厅

主卧室

周琳

专业室内设计师

毕业于四川建筑学院建筑装饰专业。有10年室内设计经验，设计以现代风格见长，敢于突破、创新，尝试新手法，设计手法大气、简练，同时注重细节的精致，对空间有很强的把握能力。作品遍及北京、湖北、广西、成都、南京、溧阳、扬州等各个城市。除了家装，还涉及办公室、酒楼、书店、餐厅等公共空间的室内设计

设计心语
室内设计实际是一种表里不一的工作。外表的装饰固然要求美观、引人入胜，但内里的工序，如空间策划、用料、结构、细节等基本技术因素对设计效果的最终体现影响更大。因此，必须把外表艺术性与内里的技术性合二为一，直至达到美观和实用共存

202m²镂空隔断营造灵动空间 >> 设计：周琳

客厅

设计元素：白色背景、镂空隔断、局部艳色点缀
主要材料：壁纸、木纹饰面板、黑玻、磨花镜面、浅色抛光砖、实木地板、轻钢龙骨、石膏板、环保乳胶漆调色等

小贴士

设计师谈楼梯扶手的设计细节

　　扶手设计的好坏，是评判一个楼梯设计好坏的重中之重。在家居装修中，室内的扶栏设计最忌讳用镜面不锈钢或其他银亮面金属。如果实在想用不锈钢来做，建议用亚光面的不锈钢。一般来说，做楼梯扶栏的最理想材料是煅钢，其次是铸铁木和瓷。最理想的扶手材料是木，其次是石。楼梯的设计，往往是在建筑中已经定型的。如果想要重新设计，最理想的材料是用水泥混凝土，其次是钢结构，再下来才是木质，力求使楼梯在行人时尽量少发出声响。

楼梯

餐厅隔断墙

设计解析 »

轻盈、灵动、简约、现代是这个案例最大的特点，除此之外，设计也非常年轻化。所有的家具线条都极为流畅，材质偏金属，楼梯踏板也选择了颇受时下年轻人喜爱的镂空样式。而且所有空间基本无硬质隔断，彼此开放，看起来一目了然。

客厅主题墙以清新的饰面板搭配现代感极强的黑玻，以材质的巨大反差来制造混搭效果，自然不做作。与楼梯之间以白色线帘加以区隔，在明确空间划分的同时极具装饰美化效果。餐厅的镂空隔断与线帘的设计原理如出一辙，同样是以非硬质设计来实现空间之间的隔而不断与通透性。桃红色装饰墙为整体时尚度加分。卧室的设计较为中规中矩，色调稳重，整面的阳台落地窗为居住者提供了绝佳的视野。

餐厅（一）

餐厅（二）

主卧室

袁野

十堰市高雅装饰有限公司高级设计师

美术设计专业毕业，作品多次在国内装潢杂志、书籍发表。曾在湖北十堰卧虎藏龙艺术设计工作室（或智上设计事务所）任室内设计部经理，在广东万诚装饰、天大装饰、美庭品味装饰担任主笔设计师，也是天大装饰创始人之一

设计专长

别墅、复式公寓、样板间、写字楼、酒店、会所等各类家装及公共空间设计

代表作品

十堰市各大楼盘复式公寓、阁楼设计，东莞明和大厦港企办公室、河源别墅、华乐中英文幼儿园、东莞樟木头港资公司办公室、华南索尼总公司10期工程、德资绑泽电子厂房设计与室内改造、长安莲花山莲花禅寺、长安凯华宾馆、后街广场中式混搭、大理山万科简欧、南城上东国际样板房设计等

300m²阁楼情调 >>> 设计：袁野

设计元素：简欧风情、木顶阁楼、华丽背景墙

主要材料：壁纸、实木、大理石、茶镜、磨花镜面、金属线条、浅色抛光砖、复合木地板、轻钢龙骨、石膏板、环保乳胶漆调色等

客厅电视背景墙

客厅

钢琴区

设计解析 》》

　　整个案例没有夸张的艳丽色彩，也少见繁复曲折的造型，自然的过渡、细节的点缀，清新中带点小优雅。也许，这就是简欧的魅力所在吧。

　　进门玄关处摆放着一架黑色钢琴，优雅的烤漆琴身映在镜面墙中，凸显高雅品位。宽敞的一层大厅以一堵透明的半墙隔断划分为客厅和餐厅两部分，相互独立又彼此开放。以白色为主色调的电视背景墙搭配凹凸感印花，华丽得很低调。绛紫色布艺沙发绽放浪漫优雅欧式韵味。餐厅选择了黑白相间带金色印花的餐桌椅，现代感极强的金属材质和简练的弧形线条彰显新古典主义时尚气息。向上拱起的吊顶为黑色铁艺吊灯腾出了更多的展示空间。一旁的印花镜面轻松化解了黑色的厚重感。充满金属光泽的床头软包为卧室增添了更多的温暖和华丽气息。卫浴间的透明墙面设计极富生活情趣。位于三层的阁楼受空间所限，被设计成了一个简单的工作室。不规则的屋顶选择用浅色实木进行拼贴，使其更具生活气息。斜面底部的空间顺势设计成书架和储物柜，既充分利用了空间，又不影响美观，一举两得。

餐厅（一）

餐厅（二）

楼梯

阁楼书房（一）

主卧室（一）

阁楼休息区

阁楼书房（二）

主卧室（二）

260m²复古宫廷风潮 >> 设计：袁野

设计元素：穹窿吊顶、软包墙面

主要材料：壁纸、大理石、镜面、木质吊顶、复古拼花地砖、木地板、轻钢龙骨、石膏板、环保乳胶漆调色等

客厅电视背景墙

小贴士

设计师谈如何从家居色彩上体现复古风情

　　复古风潮最主要的特色运用到色彩上，就是要尽量沉稳些，这样才能显示出复古的精髓。为了突出这种风格的层次和造型，设计师会尽量选用白色墙面，并利用家具棱角分明的线条来勾勒出房间的层次感，而复古风潮中选用最多的色彩无疑是白色、米色、金黄、棕黄、木纹色等。

客厅局部

设计解析 ≫

　　挑高的大厅空间和金色穹顶的设计散发出王宫般的雄浑与大气，皮质软包、刺绣卧榻，又从细节处流露出几分宫廷华丽气息。

　　巨大的水晶吊灯是这种挑高户型的不二之选，仿佛只有足够华丽的设计才配得上如此强大的气场。在整个客厅中，电视背景墙和沙发背景墙是设计重点所在。大理石、镜面、软包的组合十分新鲜，虚实相间、刚柔相济，华丽而不失清

新。巨幅油画和印花壁纸拼搭成的墙面也同样极具看点，对称的排列工整、大气。沙发的设计集印花、刺绣、木质镶边元素于一体，搭配花色地毯与拼花地砖，演绎浓郁复古风情。二层专门辟出一间棋牌室用于平时休闲，屋主对生活品位的追求可见一斑。

客厅沙发背景墙

客厅

餐厅

二层娱乐区

240m²木色旖旎 >> 设计：袁野

设计元素：天然木质、简约石材、环保乳胶漆调色

主要材料：壁纸、实木、大理石、地砖拼花、抛光砖、实木地板、轻钢龙骨、石膏板等

客厅电视背景墙

客厅

餐厅（一）

餐厅（二）

小贴士

设计师谈木质家具的搭配原则

首先，在色彩上一定不能太过杂乱。在搭配空间时，最好采用与家具同色系的颜色作为主色调，在此基础上适当添加柔和对比色或者中间色的配饰，才能营造出优雅和谐的氛围。其次，要选择合适的配饰。例如，碎花图案壁纸、浓墨重彩的油画、流苏和蕾丝装饰的床品等，这样才能让实木家具完全散发出魅力。

设计解析 》》

木元素向来是清新自然、田园休闲的代名词，在实木的表面刷上淡淡的清漆，不仅保留了木质原有的天然纹理，低调的光泽也让空间看起来更有质感。

客厅与餐厅分列于玄关走廊两侧，各自独立。客厅空间方正宽敞，白色云纹大理石电视背景墙清新雅致，不着一字却尽得风流。周围的木色镶边与家具相互呼应，浑然一体。餐厅与厨房设计成开放式格局，既避免了局促感，同时也让

烹饪和用餐都更有情调。卧室位于楼上，满足了屋主人对空间私密性的要求。为了与整体风格协调一致，衣橱的门也选用木质材料，细节处的用心往往能收到事半功倍的效果。

主卧室

兰海亮

中国室内装饰配饰师、中国注册室内设计师、广州室内装饰协会会员

从事室内设计8年有余，曾在深圳、北京、天津、温州、长春、湛江等地工作

2006年荣获中国室内设计大赛深圳赛区优秀作品奖

2007年荣获全国最佳人居环境创意大赛优秀作品奖

个人及作品多次被新浪地产、搜狐家居、深圳室内设计、家居在线网等媒体报道

280m²当田园碎花遭遇欧式奢华 >> 设计：兰海亮

客厅（一）

设计元素：田园与欧式的混搭、风格多变的墙面设计

主要材料：壁纸、实木、大理石、磨花镜面、原木吊顶、浅色抛光砖、拼花地砖、实木地板、轻钢龙骨、石膏板、环保乳胶漆调色等

餐厅

设计师谈混搭风格的主要特点

混搭并不是简单地把各种风格的元素放在一起做加法,而是把它们有主有次有机地组合在一起,混搭得是否成功,关键看是否和谐。最简单的方法是确定家具的主风格,用家具、配饰、家纺等来搭配。最容易混搭的方式有三类,一是设计风格一致,但形态、色彩、质感各异的家具;二是色彩不同,但形态相似的家具;三是设计、制作工艺非常好的家具,无论古今中外,也不管色彩、形态、质感、材料是否一致。因为混搭颜色至少有两种,所以显得气氛比较活跃。另外,墙壁可以分区域定为深色或者浅色,灯可以是田园风格的也可以是美式的,家具可以白色和深色相间,更加多元化。

客厅(二)

设计解析 》》

这套案例是很典型的混搭风格。用田园的自然清新来搭配欧式的华丽典雅，丰富、多变、颇有看头。当阳春白雪遭遇下里巴人，如何妥善安排，考验的就是设计师的设计功底了。

裸露着虫眼的木质天花板、粉色碎花壁纸、蓝白相间的格纹沙发，所有的一切都如初夏午后的阳光，清新、自然，仿佛还残留着泥土的芳香。然而将视线转移到近在咫尺的餐厅，风格却陡然一变，成了带有明显后现代风格的简欧设计。神秘的黑色搭配时尚的金属元素，酷感十足。楼上的起居室以白色为主打颜色，用磨花镜面来装饰墙面，营造水晶宫般的奢华效果。紫红色丝绸窗帘提升整体华丽感。主卧、次卧和老人房的设计基本也都走简欧风格路线，只是在细节上有所侧重，主卧华贵、次卧清新、老人房稳重，各有各的特色，但温馨舒适始终是不变的主题。

起居室

主卧室

父母房